Contes du temps passé

Karl Simrock

© 2024 Culturea
Texte et illustration de couverture : © domaine public (open access licence CC0 1.0 universel)
Édition et mise en page : Culturea (Hérault, 34)
Retrouvez notre catalogue sur http://culturea.fr/
Contact : infos@culturea.fr
Imprimé en Allemagne par Books on Demand Gmbh
Design typographique et layout : Derek Murphy et Reedsy
ISBN : 9791041997237
Date de parution : Avril 2024
Ce livre :
— a été composé avec une police open source libre de droits dessinée sur Open Fondry
 https://open-foundry.com/
— est édité en libre access sous licence CC0 (Creative Commons Zero) afin de conserver l'oeuvre au plus près des caractéristiques du domaine public.
— offre la possibilité à son lecteur de partager, dupliquer ou distribuer son contenu, sans restriction ni réserve.
— permet de replanter un arbre. SHS Éditions soutient Plantons Pour l'Avenir, fonds de dotation pour le reboisement des forêts françaises
400 projets de reboisement de forêts soutenus depuis 2014 à travers la France
https:/www.plantonspourlavenir.fr/

Notice sur Charles Simrock

Charles Simrock, poète et philologue, connu surtout comme traducteur d'anciennes poésies allemandes, est né le 28 août 1802, à Bonn, où il fit ses premières études.

En 1823, il entra au service de l'administration prussienne, sans que son amour pour la poésie et la littérature ancienne en fût amoindri.

Alors parurent ses traductions des Nibelungen, puis du Pauvre Henri de Hartman von der Aue.

Destitué, après les journées de juillet en France, pour avoir chanté la liberté et la révolution française, il se voua exclusivement aux travaux littéraires qu'il préférait, et fit preuve d'un grand talent poétique aussi bien que d'une connaissance approfondie et d'une intelligence remarquable de la vieille poésie épique de l'Allemagne.

Ces travaux, aussi heureux qu'assidus, l'ont fait nommer, en 1850, professeur de littérature et de langue allemande à l'Université de Bonn.

Simrock est le principal auteur de l'ouvrage curieux où sont indiquées les sources des œuvres de Shakespeare dans les nouvelles, contes et légendes de divers pays, et que publièrent avec lui Henschel et Echtermeier. Cet ouvrage fut suivi du Trésor des légendes italiennes (1832), et d'une étude, avec traduction, des poésies de Walter von der Vogelweide (1833).

Viennent ensuite : Le pays du Rhin pittoresque et poétique (1839) ; la collection des Livres du peuple, remaniée ou plutôt renouvelée entièrement par lui depuis 1839, et qui compte une quarantaine de volumes ; la traduction de Parcival et Titurel, de Wolfram d'Eschenbach (1842) ; le Livre et le Petit livre des Héros, sorte d'exposition poétique des légendes héroïques de l'Allemange, et où se trouvent reprises les chansons des Nibelungen, de Gudrun, des Amelungen, de Wieland le forgeron, etc.

Ses Poésies originales (1844), parmi lesquelles se trouve plus d'une fraîche ballade, digne des maîtres, sont répandues partout. Les Légendes du Rhin (Rheinsagen), recueillies de la bouche du peuple et des poëtes, ont été acclamées partout (1850).

Citons encore une excellente traduction de l'Edda (1851), et un Dictionnaire de mythologie allemande (1853).

Le recueil de Contes allemands de Simrock (Deutsche Moehrchen) auquel nous empruntons plusieurs de ses plus jolis récits, est conçu dans le même esprit que celui des frères Grimm ; c'est-à-dire qu'il reproduit simplement la tradition populaire, sans prétendre l'embellir.

La montagne de verre

Un homme riche avait un fils unique du nom de Wilhelm. Lorsque celui-ci fut devenu grand, il entendit conter tant de merveilles des pays étrangers, qu'il ne fit que prier son père de l'envoyer au loin. Le père eût préféré le voir rester au logis, mais il finit par céder aux instances du jeune homme et le laissa partir.

Il voyageait déjà depuis quelque temps, lorsqu'un jour il arriva en face d'une mer paisible : il n'y avait pas un seul navire, et pourtant il aurait franchi les flots si volontiers ! Tandis qu'il demeurait là dans l'attente, il entendit tout à coup un bruit dans l'air, et aperçut trois grands oiseaux qui planaient au-dessus de sa tête. Il les suivit du regard et vit qu'ils volaient vers une baie. En touchant la terre, ils ôtèrent leurs ailes et se précipitèrent dans l'eau, changés en trois belles jeunes filles. Alors Wilhelm s'approcha doucement, prit un des voiles qu'elles avaient déposés sur le bord, et s'en alla au plus vite avec le rabenale.[1]

Quand les jeunes filles se furent baignées et voulurent s'envoler, l'une d'elles ne trouva plus son rabenale ; dans son désespoir, elle monta sur le rivage et vit que le jeune homme qui lui avait pris ce voile était encore tout près d'elle. Elle courut après lui en pleurant ; et lorsqu'elle se fut approchée, elle le conjura de lui rendre son voile. Mais il ne pouvait accueillir sa demande ; car, plus il la contemplait et plus il entendait sa voix, plus elle lui plaisait. Il lui dit qu'il ne lui rendrait pas le rabenale, car il ne pouvait plus vivre sans elle, tant il

---

1   Voile merveilleux.

l'aimait : il fallait qu'elle vint avec lui et acceptât d'être sa femme. Elle y consentit enfin et l'accompagna chez ses parents, qui les reçurent tous deux avec joie, et le mariage fut aussitôt célébré.

Les deux époux vécurent heureux pendant quelque temps ; mais un jour le mari, forcé de s'absenter pour quinze jours, confia à sa mère la clef du coffret où il avait caché le rabenale, en la priant de la bien garder. Au bout des quinze jours, la jeune femme dit à sa belle-mère qu'elle voulait aller au-devant de son mari, mais qu'il faisait bien chaud et qu'elle n'avait pas de voile pour se garantir du soleil. La mère lui donna la clef du coffret ; elle l'ouvrit pour y prendre un voile, et trouva, à sa grande surprise, son rabenale. Vite, elle le mit et disparut.

Lorsque le fils rentra au logis, il demanda où était sa femme, et la chercha vainement par toute la maison. Enfin la mère avoua qu'elle avait confié à sa bru la clef du coffret, et qu'elle ne l'avait plus revue depuis ce moment.

Il vit alors qu'il avait perdu sa compagne, et en fut tellement désespéré, qu'il songeait à se tuer. Il se coucha tristement, et le lendemain, après une nuit d'insomnie, il lut sur la glace de sa chambre une inscription dont le sens était qu'il devait, s'il voulait que sa femme lui fût rendue, l'aller chercher dans la montagne de verre et la délivrer. Où se trouvait la montagne de verre ? Il n'en savait rien, et personne ne pouvait le renseigner. Enfin il se dit : « Je veux retourner au bord de la mer paisible où je l'ai rencontrée ; peut-être y apprendrai-je ce qu'elle est devenue. »

Comme il avait déjà fait un bon bout de chemin, il vit devant lui une plume magnifique ; il la ramassa et arriva au bord de la mer ; mais il ne découvrit ni un navire ni une âme. Un grand oiseau seulement volait autour de lui en décrivant de larges cercles. « Que peut-il vouloir, ce pauvre oiseau ? » pensa le voyageur. Et s'approchant, il lui demanda si par hasard il ne cherchait pas sa plume.

« Dans ce cas, dit-il, la voici. »

L'oiseau témoigna sa joie, se fit remettre sa plume, et s'envola fièrement en décrivant de larges cercles. Puis il revint à Wilhelm et lui dit :

« Pourquoi es-tu venu au bord de la mer paisible ? Peut-être veux-tu la passer ?

— Oui, dit Wilhelm, je le voudrais bien. »

Alors l'oiseau l'enleva et l'emporta de l'autre côté. Là, il aperçut devant lui une grande montagne de verre.

« Tu as certainement envie de monter jusqu'en haut ? dit l'oiseau.

— Oui, repartit Wilhelm, cela me plairait bien. »

L'oiseau le porta encore sur le haut de la montagne, et lui recommanda d'aller tout droit jusqu'à une petite cabane, de frapper à la porte et de demander du travail ; puis il le posa par terre et s'envola, mais le voyageur s'en alla droit devant lui jusqu'à ce qu'il eût trouvé la cabane. Quand il eut frappé à la porte, une vieille femme vint lui ouvrir, s'enquérant de ce qu'il voulait.

« Pourrait-il avoir là du travail ?

— Oui », dit la vieille ; et elle le conduisit immédiatement dans une vaste forêt, lui remit une hache de verre, et lui désigna environ cent arbres qu'il devait couper tous avant le soir, sous peine d'avoir le cou tordu.

Il se remit sans retard à l'ouvrage ; mais au premier coup sa hache se cassa ; il s'assit alors accablé de tristesse jusqu'à l'heure de midi, où une jeune fille lui apporta de quoi dîner. Le voyant si triste, elle lui demanda ce qu'il avait. Il lui raconta comment la vieille femme lui avait ordonné de couper ces arbres, et comment au premier coup sa hache s'était cassée.

La jeune fille lui dit de ne pas s'affliger pour cela, mais de bien manger et de dormir un peu après. Il ne pouvait pas manger beaucoup ni dormir non plus, tant il avait de chagrin ; mais il ferma les yeux et fit mine de sommeiller, et quand il les rouvrit, il s'aperçut que tous les arbres de la forêt étaient coupés.

« Voilà qui va bien, pensa-t-il ; maintenant j'arriverai ! »

Et il retourna tout joyeux au logis de la vieille. Il trouva celle-ci devant la cabane, et elle lui demanda s'il avait achevé son ouvrage.

« Oui, dit-il, c'est fait. »

Alors la vieille ajouta qu'elle allait voir si tout était en ordre, et qu'elle lui donnerait une autre tâche pour le lendemain. Lorsqu'elle eut tout examiné, elle dit que c'était convenablement fait, et que son hôte pouvait se coucher pour cette nuit.

Le lendemain, elle mélangea du froment, du seigle et de l'avoine, et dit au jeune homme de faire un tas à part de chaque espèce de grain. Il se hâta d'entreprendre sa tâche ; mais il n'avançait pas, et à midi il n'avait encore qu'une poignée de chaque sorte. Il s'assit et regarda d'un air triste devant lui. Lorsque la jeune fille qui lui apportait à dîner se présenta, et, le voyant tristement assis, lui demanda de nouveau ce qu'il avait, il répondit que la vieille lui avait ordonné de faire un tas à part de chaque sorte de grains, avant la fin du jour, et que c'était une chose impossible ! La jeune fille lui dit encore qu'il ne devait pas s'inquiéter de cela, mais manger gaiement son dîner et dormir ensuite. Il mangea donc un peu et trouva meilleur goût au repas que la veille ; puis il s'étendit pour dormir, et, en se réveillant, il aperçut chaque tas de grain mis à part.

« Voilà qui va bien, pensa-t-il ; maintenant j'arriverai ! »

À son retour, il rencontra la vieille sur le pas de la porte, et elle lui demanda si le travail était fini.

« Oui, dit-il, tout est fait. »

Elle ajouta qu'elle voulait voir si elle avait lieu d'être contente, et qu'elle lui donnerait une autre besogne pour le lendemain ; que, pour cette nuit, il pouvait se coucher.

Le lendemain, elle l'éveilla et s'en fut avec lui aux champs ; puis, lui montrant deux ruisseaux qui allaient côte à côte, elle lui annonça qu'il aurait à verser l'eau de l'un dans le lit de l'autre, de façon qu'il ne restât pas une goutte du premier.

Il entreprit aussitôt de vider le lit de l'un des ruisseaux ; mais lorsqu'il eut travaillé trois ou quatre heures, l'eau du ruisseau n'avait pas encore diminué. Épuisé de fatigue, il s'assit, le cœur plein de tristesse. À midi, la jeune fille revint avec le dîner, et, remarquant l'abattement du jeune homme, lui demanda ce qui l'affligeait. Il répondit qu'on lui avait ordonné de verser l'un de ces ruisseaux dans l'autre, qu'il avait déjà travaillé avec ardeur, mais qu'il n'avait presque rien fait jusque-là. La jeune fille alors lui répéta qu'il ne devait pas s'inquiéter de cela ; et elle l'engagea à manger, puis à dormir, promettant de faire l'ouvrage à sa place. Le lendemain, dit-elle, la vieille lui imposerait une tâche plus difficile que toutes les autres : il lui faudrait reconnaître sa femme pour l'arracher de la montagne de verre. S'il pouvait la distinguer parmi trois cents femmes qui se ressemblaient toutes, il serait libre, et elle aussi ; mais s'il ne le pouvait pas, il accomplirait leur malheur à tous deux. Il aurait à passer deux ou trois fois entre les rangs que formeraient ces femmes, jusqu'à ce qu'il se sentît piqué par une épingle : à ce signe, il reconnaîtrait sa femme.

Il retourna donc tout joyeux à la cabane et dit à la vieille, qui se tenait sur le seuil, que le travail était fait.

Elle dit qu'elle allait voir si c'était la vérité ; et, quand elle eut tout inspecté, elle revint lui annoncer qu'il pouvait se coucher, mais qu'il aurait une nouvelle tâche le lendemain.

Le lendemain matin, en effet, elle l'éveilla et le mena dans une vaste salle. Il y avait là trois cents femmes, toutes jeunes et belles, se ressemblant toutes ; et, dans cette foule, il lui fallait trouver sa femme. Il commença à marcher et à passer entre les rangs, et renouvela plusieurs fois l'épreuve, la vieille allant toujours derrière lui. Comme il avait achevé de passer deux fois déjà entre les rangs, et s'apprêtait à revenir sur ses pas pour la troisième fois, il se sentit piqué très fort à la poitrine. Il se retourna vivement, saisit la jeune femme la plus proche et l'embrassa. Au même instant, un craquement et un bruit de tonnerre épouvantable se firent entendre dans la salle. Le corps de la vieille s'était brisé en mille morceaux, la montagne de verre s'était engloutie, et à sa place apparaissait une ville tout entière fourmillant d'habitants.

Mais notre voyageur n'avait même pas un regard pour ce spectacle : il prit sa femme par la main et l'emmena du côté de la mer. Et lorsqu'il y arriva, il ne la trouva plus calme et déserte ; de grands navires et de petites barques se balançaient sur les flots, les pêcheurs y jetaient leurs filets, les moulins tournaient sur le rivage, on ne cessait d'embarquer et de débarquer des marchandises, et l'on voyait toute sorte de gens et de métiers.

Les deux époux se laissèrent conduire à l'autre bord et atteignirent bientôt leur pays, où on les reçut avec joie et où ils continuèrent de vivre gaiement.

Quelque temps après, on apprit que le roi, ensorcelé auparavant dans la montagne de verre, avait fait écrire partout des lettres, pour offrir à son sauveur sa couronne et son royaume, s'il lui ramenait sa fille.

Une de ces lettres parvint jusqu'à Wilhelm, et il la montra à sa femme qui reconnut tout de suite qu'elle était de son père. Ils résolurent sur-le-champ de retourner chez lui, prirent congé de leurs parents et commencèrent le grand voyage.

En arrivant à la mer, ils virent tout d'abord un navire ; mais il fallait attendre qu'il eût abordé. Pendant ce temps, Wilhelm aperçut un mort sur le rivage, et deux hommes en train de le battre. Il s'approcha et leur demanda pourquoi ils agissaient de la sorte. On lui répondit que le mort avait laissé des dettes et qu'on le battrait jusqu'à ce qu'il se trouvât quelqu'un d'humeur à payer pour lui. Il s'informa du chiffre de la dette, et on lui indiqua une grosse somme ; il la paya néanmoins sur l'heure, et y ajouta encore quelque chose pour enterrer le mort décemment.

Sur ces entrefaites, le navire aborde, il le frète et reconnaît qu'il lui reste juste assez pour acquitter le prix du voyage. Ils étaient déjà embarqués, lorsque surviennent deux officiers qui demandent au capitaine s'il peut les prendre avec lui. Le capitaine prie Wilhelm d'y consentir ; ce que celui-ci fait volontiers. Mais les officiers avaient reconnu la fille du roi, car ils avaient été au service de ce prince. Ils étaient bien fâchés qu'un étranger l'eût délivrée et fût destiné à occuper le trône, grâce au don de sa main. Le navire était en marche depuis quelque temps, lorsqu'un jour, se promenant sur le pont, ces hommes poussèrent Wilhelm à l'eau, et allèrent dire à la fille du roi, seule dans sa cabine, que son compagnon venait de tomber à la mer. Ils lui déclarèrent qu'ils étaient prêts à la tuer immédiatement si elle ne jurait d'attester à son père que c'étaient eux qui l'avaient délivrée des enchantements de la montagne de verre.

Elle jura enfin ce qu'ils voulaient.

Quand le navire eut abordé, ils l'accompagnèrent au château, disant au roi qu'ils lui ramenaient sa fille, se vantant d'être ses sauveurs et réclamant la récompense promise.

Le roi, plein de joie à la vue de sa fille retrouvée, l'interrogea pour savoir si elle avait déjà choisi entre ses deux sauveurs. Elle dit que non ; aussi les haïssait-elle de tout son cœur, mais elle ne pouvait rien dire à son père, pas même pourquoi elle était si triste. Elle croyait son cher Wilhelm bien mort ; il n'était pourtant pas noyé : un esprit l'avait déposé sur la plage, en lui disant qu'il était l'esprit du mort dont le jeune homme avait payé les dettes et l'enterrement. Il lui fallait maintenant se rendre en face du château royal, dans une hôtellerie, et y prendre un logement ; et lorsque le roi passerait avec sa fille, et que celle-ci le verrait là, le reste irait tout seul. Wilhelm fit ainsi qu'il en avait reçu l'avis, et on l'installa dans une chambre ayant vue sur le château royal.

Un jour, le roi demanda à sa fille si elle ne voulait pas sortir pour se promener avec les deux officiers : l'air lui ferait tant de bien, et elle était toujours si triste ! Elle répondit qu'elle sortirait volontiers avec lui, mais non avec eux. Il prit donc le bras de sa fille et sortit du château juste au moment où Wilhelm regardait par la fenêtre de l'hôtellerie. Et comme ils passaient par là, la fille du roi leva les yeux, reconnut son mari et s'évanouit de joie.

Le roi chercha à la ranimer, et bientôt, la princesse ayant repris ses sens, il s'informa de la cause de cet évanouissement.

La princesse dit que le jeune homme aperçu à la fenêtre de l'hôtel lui avait semblé avoir un visage connu. Puis ils continuèrent leur promenade ; mais, en passant de nouveau devant l'hôtellerie où Wilhelm regardait encore par la fenêtre, la princesse s'évanouit une seconde fois. Après l'avoir rappelée encore à elle, son père lui adressa la même question et reçut la même réponse, car elle ne pouvait lui en dire plus, à cause de son serment.

Le roi fit comparaître l'étranger devant lui, et lui demanda qui il était. Le jeune homme alors conta ses aventures et avoua toute la vérité. Le roi demanda s'il pouvait en donner la preuve par un signe.

« Oui », dit le jeune homme, et il tira une bague et un mouchoir que la fille du roi avait brodé elle-même.

Le roi reconnut la bague et manda sur-le-champ sa fille : elle embrassa l'étranger tendrement, et confirma tout ce qu'il avait dit, car elle se crut déliée de son serment, puisque la vérité s'était découverte sans elle. Un grand festin fut préparé, par ordre du roi, qui convia aussi pour ce jour les deux officiers, mais après avoir commandé en secret de garder toutes les issues. Les officiers crurent que la princesse allait choisir un mari entre eux, et arrivèrent sans arrière-pensée. Pendant le dîner, le roi proposa un jeu : c'était que chacun racontât une histoire. Il commença lui-même par raconter comme quoi son royaume avait été ensorcelé par un méchant sorcier, et comme quoi il avait recouvré son royaume et retrouvé sa fille.

Puis, les officiers racontèrent tout au long comment ils avaient fait pour délivrer le royaume et la princesse, et comment l'un d'eux devait l'obtenir pour femme et devenir roi.

En ce moment, Wilhelm entra dans la salle ; les officiers furent saisis d'effroi et voulurent s'échapper, mais les soldats croisèrent leurs épées et défendirent la sortie.

À son tour, Wilhelm raconta l'aventure des trois oiseaux qui s'étaient changés en jeunes filles, celle du rabenale qui lui avait conquis l'une d'entre elles pour femme ; il dit comment il l'avait perdue, et puis comment il avait dû la délivrer dans la montagne de verre, quels travaux la vieille femme lui avait imposés et comment elle s'était brisé en morceaux. Il dit sa rencontre avec le mort maltraité, la trahison des officiers qui l'avaient jeté à l'eau et l'intervention de l'esprit du mort qui l'avait sauvé. En même temps, il montra pour signes de la vérité, la bague et le mouchoir que la princesse reconnut. Lorsqu'il eut fini, il s'assit à la place restée vide jusque-là entre sa femme et le roi, et réservée au fiancé.

Les officiers tentèrent encore une fois de s'enfuir ; mais l'épée leur barra de nouveau le chemin.

Le roi, alors, demanda à ses convives quelle punition méritaient les deux traîtres. On jugea qu'il fallait les laisser périr de faim dans un cachot ; le roi les fit aussitôt saisir et ordonna l'exécution du jugement.

Et Wilhelm reçut la couronne avec la princesse.

Le maître de tous les maîtres

Lorsque le Seigneur Jésus-Christ vivait sur la terre avec saint Pierre, ils arrivèrent un jour chez un forgeron qui se croyait si habile dans son art, qu'il s'était forgé une enseigne où se trouvait cette inscription en lettres d'or : « Ici demeure le maître de tous les maîtres. »

En passant devant cette enseigne et en lisant l'inscription, le Seigneur se prit à rire, et l'apôtre avec lui. Alors le forgeron, qui se tenait sur le pas de sa porte, lui demanda :

« Pourquoi riez-vous ?

— Nous rions de ton enseigne, dit l'apôtre, et de la prétention que tu as d'être le maître des maîtres.

— Et je le suis ! » repartit le forgeron.

Alors Jésus lui demanda :

« Combien de temps te faut-il pour fabriquer un fer de cheval ?

— Oh ! dit le forgeron, je le mets trois fois au feu, et il est prêt.

— C'est trop, dit Jésus, une fois suffit. »

Mais le forgeron n'en voulut rien croire.

Au même instant, survint un cavalier dont le cheval avait perdu ses fers, et il pria le forgeron de le ferrer.

« Bon ! dit le forgeron, voici une occasion de montrer votre grand art. Ferrez ce cheval à votre façon.

— Ainsi ferai-je », répliqua Jésus.

Il s'approcha du cheval, lui rompit une des jambes de devant et la mit dans la cheminée de la forge, pendant que saint Pierre soufflait ; puis il plongea un fer dans le feu, le retira tout rouge et le cloua tranquillement sous le sabot du cheval.

Ensuite, il lui remit sa jambe, en fit autant de la seconde jambe de devant et des deux jambes de derrière, les rompant l'une après l'autre, les ferrant et les remettant ensuite à leur place. Et quand le cheval eut de nouveau ses quatre fers, il allait une fois encore plus vite qu'auparavant, et le cavalier paya généreusement le forgeron.

« Vous n'êtes pas, après tout, un si mauvais ouvrier ! dit celui-ci à Jésus.

— Crois-tu ? lui répondit le Seigneur.

— Mais il me faut des preuves plus éclatantes de votre art, continua l'autre, avant que je vous reconnaisse pour mon maître. »

En ce moment, un petit vieillard entra dans la forge, courbé par l'âge et demandant l'aumône.

« Avec ce vieillard, dit le Seigneur, je vais forger un jeune homme, si tu veux.

— Comme il vous plaira ! reprit le forgeron. Mais le vieux ne voudra pas se laisser faire.

— Cela ne fait pas de mal », dit Jésus.

Il fit donc souffler le feu par saint Pierre, et quand le feu flamba de toute sa force, grand, immense, il saisit le bonhomme, le plongea dans la fournaise effrayante, au point qu'il devint rouge comme une rose ; et là, il louait Dieu à haute voix. Le Seigneur ne le toucha qu'une fois seulement de son marteau ; puis, avec les tenailles il le tira de hors du feu ; et lorsqu'il eut fait couler sur lui assez d'eau pour le refroidir, Jésus le posa par terre transformé en jeune homme de vingt ans, mince et beau, avec des membres tout droits.

« Il y a au-dessus de ma porte, dit le forgeron, une inscription qui proclame qu'ici demeure le maître de tous les maîtres ; mais pourtant j'avoue qu'on n'est jamais trop vieux pour apprendre encore.

Je ne savais pas ce secret-là, mais maintenant que j'en ai vu l'épreuve, je saurai m'y prendre aussi bien que vous. Il est temps de dîner, restez chez moi, prenez place à ma table, nous reparlerons plus tard de notre art. Le jeune homme que vous avez forgé est invité avec vous. »

Le forgeron avait une vieille belle-mère bossue et presque sourde ;

elle se mit à côté du jeune homme et lui demanda si le feu l'avait brûlé bien fort. Il déclara que jamais il ne s'était senti plus à l'aise que dans ce feu ardent, où il lui semblait avoir le corps baigné d'une rosée délicieuse. Cela ne manqua pas de réjouir la bonne femme, qui en oublia le boire et le manger, ne songeant plus qu'au moyen d'être aussi rajeunie.

Comme on venait de manger la soupe, un autre cavalier arriva pour faire ferrer son cheval.

« Ce sera bientôt fait, dit le forgeron ; j'ai appris une nouvelle manière de forger, expéditive et profitable quand les jours sont courts. »

Alors il cassa les quatre pieds du cheval à la fois ; car, disait-il, je ne vois pas pourquoi il faudrait les casser l'un après l'autre. Et il dit au cavalier, qui avait peur pour son cheval :

« Ne craignez rien, messire ; s'il arrive malheur à votre bête, je vous la payerai. »

Puis il jeta les quatre pieds du cheval dans la cheminée, entassa charbon sur charbon, fit souffler le feu à tour de bras par ses apprentis ; après quoi, il voulut faire comme il avait vu faire par Jésus, mais il ne put y arriver ; les pieds du cheval furent calcinés, et le cavalier exigea le prix de sa monture. Cela ne plut guère au maître forgeron, mais il se garda bien de montrer son mécontentement et dit :

« Si j'ai manqué une chose, je ne manquerai pas l'autre. »

Il alla chercher sa belle-mère et lui demanda si elle voulait être rajeunie, afin de pouvoir sauter comme une fillette de dix-huit ans.

« Bien volontiers, répliqua la vieille, qui se souvenait des confidences du jeune homme. »

Le maître forgeron la mit alors dans la cheminée, fit manœuvrer les soufflets par son garçon et frappa la vieille avec son marteau, de sorte qu'elle commença à se tordre en poussant des cris épouvantables.

« Reste donc tranquille, s'écria le forgeron. Pourquoi hurles-tu et sautes-tu ainsi ? Je vais souffler comme il faut. »

Et il fit si bien aller les soufflets, que les vêtements de la vieille flambaient comme paille. Elle criait follement ; mais le forgeron, sans perdre contenance, la tira du feu avec ses tenailles et la posa dans la braisière où elle criait plus fort encore. Et quand il l'en retira, elle tomba évanouie ; mais de rajeunissement, pas l'ombre.

« Je veux lui venir en aide, reprit Jésus, et guérir ce cheval, si tu avoues que tu n'es pas le maître de tous les maîtres. »

Le forgeron, à ces mots, prit son marteau et jeta bas son enseigne devant la porte ; puis le Seigneur mit de nouveau la vieille dans la cheminée de la forge, reprit le marteau et les tenailles et retira de la braisière une belle jeune fille de dix-huit ans. Ensuite il chercha dans les cendres les pieds du cheval, les ferra et les remit au pauvre animal, qui se trouva parfaitement guéri, se releva et commença à hennir de joie. Le cavalier, ravi de ce miracle, donna une grosse somme au forgeron et partit.

Le forgeron était content ; mais la plus contente de toutes les personnes présentes fut la jeune fille qui se mit à sauter et à danser par la forge, embrassant l'un après l'autre chacun des assistants et enfin le jeune homme.

Elle devint sa femme, et ils redevinrent vieux ensemble, et s'ils ne sont morts, ils vivent encore aujourd'hui[2].

---

2 Cette formule naïve termine beaucoup de vieux contes allemands.

Les trois souhaits

Il y a longtemps de cela, on bâtissait une fois une église dans un village qui existe encore aujourd'hui ; et, dans ce village, vivait un pauvre homme qui avait beaucoup travaillé durant de longues années, tout en restant gueux comme un rat. Ce bonhomme avait des enfants, et, souvent, pas un morceau de pain au logis. Volontiers il eût donné quelque chose pour la fondation de l'église, s'il avait seulement su où le prendre. En voyant passer les riches du pays avec leurs voitures et leurs charrues chargées de pierres pour bâtir l'église, le pauvre hère se disait :

« Que vais-je faire, misérable que je suis, moi qui n'ai voiture ni charrue ? »

Or, l'idée lui vint de prendre sa hotte et de porter des pierres à l'église, dans la nuit, pendant que tous dormaient. Et ainsi fit-il.

Comme il travaillait de la sorte dans la nuit, un vieux petit homme s'approcha de lui et lui dit :

« Que faites-vous si tard ici, l'ami ?

— Ah ! dit le gueux, je n'ai voiture ni charrue, et j'aimerais pourtant à donner quelque chose pour bâtir l'église ; aussi, je prends ma hotte, et je porte des pierres pendant que tout le monde dort. »

Alors le petit homme lui dit :

« Eh bien, cette peine ne restera pas sans récompense, je t'accorde le pouvoir de faire trois souhaits. »

Le pauvre homme réfléchit un instant, et répondit :

« En ce cas, je désire, quand je mourrai, le ciel et la vie éternelle ; pour cette vie, je m'accommoderais du vieux bahut qui est dans le grenier, s'il pouvait se trouver rempli d'or sans se vider jamais.

Autrement, je n'ai besoin de rien : le ciel et de l'argent, cela me suffit.

— Prends garde, reprit le petit homme, ta maison est une bicoque et tombera bientôt ; qui sait si tu vivras assez de temps pour en bâtir une autre ? Fais encore un souhait.

— Eh bien, alors, dit le bonhomme, je désire que ma maison devienne une fois plus grande.

— Tout cela te sera accordé », dit le petit homme, et il disparut.

Lorsque l'artisan arriva devant sa demeure, il vit que l'ancienne avait été remplacée par une autre une fois plus grande. Le vieux bahut se trouvait rempli d'or et s'emplissait toujours de nouveau. Notre homme vécut désormais tranquille et content, et, dans son bonheur, il n'oublia ni les églises, ni les pauvres.

Ce qui s'était passé ne resta pas ignoré dans le village ; tout le monde en jasait. Un homme riche, un affreux avare en entendit parler ; il avait cependant beaucoup de bien, mais jamais assez.

« Si j'avais la même chance ! » se dit-il.

Et, prenant une hotte, il apporta des pierres pour bâtir l'église, pendant que tout le monde dormait.

Bientôt le petit vieillard survint et dit :

« Eh ! l'ami, que faites-vous si tard ici ?

— J'apporte des pierres, répliqua le riche, pendant que tout le monde se repose et dort.

— Alors, tu auras le pouvoir de former trois souhaits », lui dit le petit homme.

Le riche y avait réfléchi d'avance, et répondit :

« Je souhaite deux yeux vifs et clairs à mon vieux cheval ; quant aux deux autres souhaits, j'en réserve l'honneur à ma femme.

— Eh bien, dit le petit homme, vos souhaits s'accompliront. »

Lorsque l'avare fut de retour au logis, il alla tout de suite à l'écurie ; son vieux cheval s'y trouvait avec des yeux clairs et vifs. Puis, il entra dans sa maison et dit à sa femme :

« J'avais trois souhaits en mon pouvoir : le premier est fait, mon cheval a des yeux clairs et vifs ; mais c'est toi, femme, qui auras l'honneur de former les deux autres souhaits : je te l'ai réservé. »

Mais la femme se fâcha et dit :

« Si tu as souhaité pareille chose, je voudrais, vieux fou, que tu fusses borgne comme était ton cheval ! »

À peine avait-elle prononcé ces mots, que son mari devint borgne comme l'était le vieux cheval autrefois. L'avare fut pris d'une telle fureur qu'il exprima le troisième souhait en criant à sa femme :

« Si tu ne sais souhaiter que cela, pauvre sotte, je voudrais te voir aveugle ! »

Ainsi fut fait, et ce fut là leur récompense.

Reconnaissance et ingratitude

L'empereur de Rome allait un jour d'une ville à une autre, lorsqu'il rencontra un homme et lui demanda qui il était.

« Sire, répondit ce dernier, je suis un pauvre homme de votre pays, et je m'appelle Undank[3].

— Si j'étais sûr, reprit l'empereur, de ta fidélité, je t'admettrais à mon service. »

Le pauvre homme promit d'être fidèle et se réjouit de l'offre de l'empereur, qui l'emmena avec lui à sa cour. Là, le nouveau venu agit sagement et gagna le cœur du prince par son maintien affable, de sorte que celui-ci le nomma son intendant et son gouverneur.

Quand notre homme se vit bien installé, il se monta la tête dans son orgueil et opprima les pauvres et tous ses inférieurs.

Près du palais, s'étendait une forêt hantée par des bêtes féroces ; le gouverneur y fit pratiquer de grands trous, que l'on dissimula ensuite avec des branchages et de la verdure, pour que les animaux, en passant là-dessus, tombassent dans le piège, et qu'on pût les prendre aisément.

Un jour, le gouverneur passait à cheval par cette forêt et songeait, dans sa présomption, qu'il n'y avait, dans tout le royaume, personne de plus puissant que lui. Et comme il allait se berçant de ces pensées, il vint à choir dans une des fosses.

Peu de temps après, un lion arriva et tomba dans le même trou ; puis un sagouin, puis un gros serpent, affreux à voir, qui roulèrent

---

3   Ce nom veut dire ingratitude.

tous à côté de lui. Le gouverneur fut contraint de rester parmi ces animaux, dans une angoisse terrible ; et il avait beau crier, il ne se trouvait personne pour le tirer de là.

Or, il y avait aussi dans la ville un pauvre homme nommé Wido, qui se rendait tous les jours à la forêt, pour couper du bois, afin de gagner son pain et celui de sa femme.

Cet homme prit le même chemin ce jour-là, et s'en fut à son travail non loin de la fosse au fond de laquelle était le gouverneur ; et quand ce dernier entendit les coups de hache, il recommença à pousser des cris. Le bûcheron se hâta d'accourir et demanda qui se plaignait ainsi.

« Je suis le gouverneur de l'empereur, dit l'autre, et si tu me tires de cette fosse, je te comblerai d'argent et d'honneurs ; car je me trouve ici en compagnie d'un lion, d'un sagouin et d'un serpent, et j'attends à chaque instant la mort, sans savoir laquelle de ces bêtes va me dévorer.

— Je ne suis, reprit le bûcheron, qu'un pauvre homme, et je n'ai rien de plus que le bois que je coupe et dont je nourris ma femme et mes enfants. Si je perds la journée d'aujourd'hui et si je suis trompé par vous, j'en éprouverai un grand dommage. »

Le gouverneur lui répondit :

« Par la fidélité que je dois à Dieu et à l'empereur, mon seigneur et maître, je te jure d'accomplir tout ce que je t'ai promis. »

Alors le bûcheron courut à la ville et en rapporta une longue corde qu'il fit descendre dans la fosse. Aussitôt le lion sauta dessus et s'y tint si ferme que le bûcheron crut retirer le gouverneur. Et lorsque le lion fut hors du trou, il remercia son sauveur d'un geste de reconnaissance et s'en fut chercher sa pâture. Puis Wido laissa de nouveau descendre sa corde, et crut, en la ramenant, tirer hors, cette fois, le gouverneur ; mais ce fut le sagouin qui s'échappa. Il aida de même le serpent à sortir, et le gouverneur était toujours au fond. Enfin, il descendit la corde pour la quatrième fois ; le gouverneur se la passa autour du corps et fut hissé par le bûcheron.

Après quoi, ils tirèrent tous deux le cheval de la fosse : le gouverneur l'enfourcha immédiatement et s'en retourna à la cour ;

l'autre s'en fut chez lui conter à sa femme tout ce qui s'était passé, et comment le gouverneur avait promis de l'enrichir, ce dont elle eut grande joie.

Le lendemain matin, il se leva, alla à la cour et frappa à la porte. Le portier lui demanda ce qu'il voulait.

« Va, je t'en prie, dit-il, chez le gouverneur, et annonce-lui que l'homme auquel il a parlé hier dans la forêt sollicite un moment d'audience. »

Le portier y alla, fit sa commission ; mais le gouverneur se fâcha et dit :

« Va et réponds que je n'ai vu personne dans la forêt, que je ne sais qui est cet homme, et qu'il ait à détaler sur l'heure ! »

Le portier revint avec la réponse dont l'avait chargé le gouverneur. Alors le pauvre homme fut pris de peur, s'en retourna chez lui tout triste et conta sa peine à sa femme, en se plaignant d'avoir été si méchamment trompé.

La femme dit :

« Tranquillise-toi ; le gouverneur était fort occupé sans doute, et c'est pour cela qu'il t'a renvoyé ainsi. »

Il la crut et se calma un peu. Le lendemain, il se leva de bonne heure et retourna pour la seconde fois à la cour ; mais le gouverneur lui fit enjoindre, dans les termes les plus durs, de ne pas reparaître, s'il ne voulait se voir traité de la bonne manière.

Lorsqu'il rapporta douloureusement cette nouvelle réponse à sa femme, celle-ci le consola et dit :

« Essaye une troisième fois ; peut-être Dieu lui inspirera-t-il une meilleure pensée ; s'il refuse encore de te donner audience, va-t'en et n'y songe plus. »

Le bonhomme suivit le conseil de sa femme, se leva de bonne heure et alla prier le portier de l'annoncer encore une fois au gouverneur. Mais quand le gouverneur entendit parler de lui, il se mit dans une colère folle, sortit brusquement et fit battre le pauvre bûcheron de telle sorte qu'on le laissa pour mort sur la place.

Quand sa femme eut appris ce qui s'était passé, elle prit un de ses ânes, le mena jusqu'à la porte du château et remporta sur le dos de la bête son mari qui en fit une maladie de six mois, et mangea le reste de ce qu'il avait avec les médecins.

Dès qu'il se sentit un peu remis, il alla dans la forêt couper du bois comme d'habitude, et il y rencontra le lion qu'il avait tiré de la fosse et qui conduisait un âne chargé de pierreries magnifiques. Et lorsque Wido s'approcha, le lion l'attendit avec l'âne, s'inclina devant lui comme pour le remercier de sa peine, puis reprit son chemin en lui laissant l'âne. Wido emmena le baudet chez lui, le cœur joyeux, ouvrit les ballots et y trouva assez de trésors pour devenir un riche personnage.

Cependant, il alla dans la forêt le jour suivant. Alors survint le sagouin qui l'aida à travailler, témoignant par là qu'il voulait se montrer reconnaissant. Et lorsque le bûcheron eut fini, comme il rentrait avec son âne chargé de bois, il rencontra le serpent qu'il avait tiré de la fosse et qui portait dans sa gueule une pierre de trois couleurs : blanche, noire, rouge. Lorsque Wido arriva auprès de lui, le serpent mit la pierre par terre et s'en retourna dans la forêt. Wido ramassa la pierre, la regarda, et il aurait bien désiré savoir quelle valeur ou quelle puissance elle avait.

Pour s'en instruire, il se rendit chez un sage qui savait le cours des étoiles, et il le pria de lui dire les vertus de cette pierre. Et quand le sage l'eut aperçue, il eut grande envie de la posséder et offrit sur le champ cent livres comptant au bûcheron. Mais l'autre répondit qu'il ne voulait pas la vendre, qu'il voulait seulement en connaître les qualités.

« Cette pierre a trois vertus capitales, dit le sage : abondance et richesse sans bornes, joie sans mélange, lumière sans ombre. Quiconque l'achètera au-dessous de son prix ne saurait la garder : elle s'en retournera auprès de toi. »

Ces paroles réjouirent Wido, qui remercia le sage et revint au logis conter son bonheur à sa femme ; et elle s'en réjouit grandement avec lui.

Et, par la puissance de la pierre, ils ne cessèrent de croître en fortune et en considération ; et Wido s'acheta plusieurs domaines l'un après l'autre, et fut bientôt élevé au rang de chevalier.

Mais lorsque l'empereur apprit que Wido avait fait un si rapide chemin par la vertu de la pierre, il l'envoya quérir, le pressa de questions, et Wido finit par avouer qu'il devait tout à cette pierre merveilleuse.

L'empereur demanda alors à l'acheter, mais Wido refusa de la vendre, disant qu'il en avait besoin lui-même.

« Eh bien, dit l'empereur, je te laisse le choix, ou de me vendre ta pierre, ou d'être chassé de mon empire. »

Quand Wido l'entendit parler ainsi, il répondit :

« Je vois que vous la désirez sérieusement ; mais je vous préviens tout de suite que, si vous ne me la payez pas à sa juste valeur, elle ne restera pas chez vous et retournera chez moi.

— Je vais te la payer, répliqua l'empereur, de façon à te rendre content. »

Et il lui donna plus de trente mille écus en échange de la pierre. Wido prit l'argent et laissa le talisman aux mains de l'empereur. Le lendemain, Wido retrouvait la pierre dans sa cassette ; et lorsque sa femme en fut informée, elle lui dit :

« Va vite la rapporter à l'empereur, pour qu'il ne t'accuse pas de la lui avoir volée. »

Wido alla donc à la cour et pria l'empereur de lui dire où il avait mis la pierre en sûreté. L'empereur répondit qu'il l'avait serrée dans sa cassette ; mais Wido la lui ayant montrée, le prince, stupéfait à cette vue, lui demanda par quel miracle il en était redevenu possesseur ; et celui-ci lui raconta comment il avait tiré le gouverneur de la fosse où il était en compagnie des bêtes féroces, comment ces animaux avaient témoigné leur reconnaissance et comment le gouverneur avait manqué à sa parole.

Quand l'empereur eut tout entendu, il fit venir le gouverneur et l'interrogea ; et comme ce dernier ne trouvait rien pour sa défense, l'empereur se mit en colère et dit :

« Ah ! méchant homme ! c'est avec raison qu'on te nomme Undank ; car tu es plus faux et moins fidèle que les bêtes sauvages, et tu as récompensé le bien par le mal. Mais une telle conduite ne restera pas sans châtiment : je donne toutes tes richesses, tes domaines et ta charge de gouverneur au chevalier Wido. Pour toi, tu seras pendu aujourd'hui même ! »

Chacun loua l'empereur d'avoir rendu un jugement si juste, et Wido, élevé au poste de gouverneur, agit avec tant de sagesse qu'à la mort de l'empereur il fut choisi pour lui succéder, et régna en paix jusqu'à la fin de ses jours.

La volonté de Dieu

Un roi, chassant avec sa suite, trouva un cerf qu'il relança. Et le bois était sombre, et un épais brouillard s'élevait. Le roi perdit de vue le cerf, et aussi sa suite. Comme elle le cherchait d'un côté et qu'il la cherchait d'un autre, ils ne se rencontrèrent point. Tandis qu'il allait s'égarant de la sorte, la nuit tomba tout d'un coup, si bien qu'il ne savait plus ni où il était ni de quel côté il devait tourner ses pas.

Enfin, il aperçut une lumière dans le lointain ; il donna de l'éperon à son cheval, et arriva à une chaumière où il frappa, pour réclamer l'hospitalité.

Dans la chaumière demeurait un garde forestier, qui n'avait jamais vu son seigneur ; il lui demanda donc qui il était et où il voulait aller si tard.

« Je suis, répondit le roi, un simple chevalier égaré dans cette forêt ; donne-moi, je t'en prie, l'hospitalité pour cette nuit.

— Entrez sous la garde de Dieu ! repartit le forestier. Je partagerai volontiers avec vous le peu que j'ai. »

Il mena le cheval à l'écurie ; puis il mit le couvert et servit ce qu'il avait de mieux.

Dans la conversation, le roi demanda qui était le maître de la forêt.

« Le roi ! dit l'autre ; et moi, je suis son garde forestier. Je vous donnerais volontiers un bon lit ; mais ma femme est près d'accoucher, et elle-même a besoin du nôtre. »

Après le souper, quand ce fut l'heure de prendre du repos, le forestier dressa un lit pour le chevalier dans l'écurie ; et comme le roi était plongé dans son premier sommeil, il entendit une voix qui disait :

« Cette nuit, va naître un enfant qui sera roi après toi. »

Trois fois le roi entendit la voix ; et, saisi de frayeur, il s'écria :

« Si c'est l'enfant du forestier qui doit régner après moi, je saurai y mettre bon ordre ! »

Au milieu de ces réflexions, il fut surpris par les cris d'un enfant nouveau-né, et en conçut encore plus d'effroi :

« Si c'est un garçon qui vient de naître, pensa-t-il, c'est l'enfant de ce forestier que la voix a voulu désigner. Mais il ne sera pas dit que l'enfant d'un homme de rien aura pu régner sur mes États après moi. »

Le jour venu, il se leva, prit son cheval, manda le forestier et lui dit :

« Je suis le roi, ton seigneur. »

Le forestier effrayé demanda grâce pour ne l'avoir pas mieux reçu et l'avoir fait coucher à l'écurie.

« Ne crains rien, reprit le roi, je te remercie de m'avoir donné un gîte dans mon embarras. Mais, dis-moi, ta femme n'est-elle pas accouchée d'un enfant, cette nuit ?

— Sire, dit le garde, elle est accouchée d'un garçon. »

Le roi le pria de lui montrer l'enfant ; et, quand on le lui eut apporté, l'ayant regardé attentivement, il vit un signe sur son front, le remarqua avec soin et dit au forestier :

« Je veux faire élever cet enfant et l'adopter pour mien. Dans six semaines, je l'enverrai chercher.

— Sire, répliqua le forestier, je ne mérite pas que vous me fassiez l'honneur d'élever mon enfant ; mais Dieu vous récompensera de tant de condescendance. »

Cependant, la suite du roi l'avait rejoint et l'accompagna au château.

Six semaines après cette aventure, le roi fit appeler trois serviteurs fidèles et leur dit :

« Allez trouver le garde chez qui j'ai passé la nuit dans la forêt, et emmenez l'enfant qui lui est né cette nuit-là ; et quand vous serez dans la forêt, vous le tuerez secrètement, et vous m'apporterez son cœur. Je vous l'ordonne, sur peine de la vie.

— Sire, répondirent les serviteurs, que votre volonté soit faite ! »

Ils allèrent donc chez le garde, dans la forêt, et lui demandèrent l'enfant, pour le porter au roi qui se chargerait de l'élever, et le forestier le leur donna.

En repassant par la forêt, lorsqu'ils crurent avoir trouvé un endroit convenable, ils mirent l'enfant par terre pour le tuer d'après l'ordre du roi. Il leur souriait et leur tendait ses petits bras.

« Ah ! dit l'un d'eux alors, ce serait grand péché vraiment que de tuer un enfant si innocent et si beau !

— Nous ne voulons pas le tuer, dirent aussi les autres ; cherchons un moyen de lui sauver la vie, en cachant la vérité au roi.

— Ici, dans le bois, dit un de ces hommes, il y a beaucoup de jeunes marcassins ; tuons-en un et portons son cœur au roi, au lieu du cœur de l'enfant. »

Ils suivirent ce conseil, posèrent l'enfant sur un tronc d'arbre où l'on devait le trouver facilement, et s'en furent présenter au roi le cœur du marcassin tué par eux. Le roi le prit, le jeta dans le feu et s'écria :

« Maintenant, je serais curieux de voir comment tu feras pour régner après moi ! »

Or, le jour même où l'enfant du garde était resté exposé sur un arbre, un comte, en chasse avec ses chiens, vint à traverser la forêt ; et quand les chiens furent proches de l'arbre sur lequel se trouvait l'enfant qui pleurait, ils s'arrêtèrent en aboyant.

Le comte, observant ce qui se passait, accourut avec sa suite de ce côté, entendit les cris de l'entant et l'aperçut là sur l'arbre, enveloppé d'un mauvais drap. Il l'enleva, le mit sur ses genoux et se hâta de le porter à sa femme ; et comme ils n'avaient pas d'enfants, il lui dit :

« Chère femme, annonçons à tout le monde que cet enfant nous appartient : j'espère qu'il nous donnera lieu de nous réjouir. »

Ce projet plut fort à la comtesse ; et, au bout de quelques jours, il ne fut bruit, par tous leurs domaines, que du fils dont la comtesse était accouchée, à la grande joie des gens du pays.

L'enfant grandit, aimé de tous ; et, au bout de sept ans, on l'envoya à l'école ; et il continua de croître en force jusqu'à l'âge de vingt ans. Alors il arriva que le roi manda à sa cour les gentilshommes de son royaume, riches et pauvres. Le comte y alla comme les autres, et amena le jeune homme avec lui. Le roi le vit donc, et reconnut ce signe sur le front qu'il avait remarqué dans la maison du forestier et dont il avait pris bonne note dans sa mémoire.

En sortant de table, il dit au comte :

« À qui appartient ce garçon qui vous sert d'écuyer ?

— C'est mon fils », répondit le comte.

Mais le roi ayant ajouté :

« Au nom de la foi que vous m'avez jurée, dites-moi la vérité ! »

Le comte avoua qu'il ne connaissait pas les parents du jeune homme ; qu'il l'avait trouvé à la chasse, vingt ans auparavant, abandonné sur un arbre et enveloppé d'un drap en lambeaux.

Le roi, après le récit du comte, manda en secret les serviteurs qu'il avait envoyés chercher l'enfant du forestier, et les pressa sérieusement de lui déclarer en toute franchise ce qu'ils avaient fait de cet enfant.

« Sire, lui répondirent ces hommes, assurez-nous la vie sauve, et nous dirons la vérité. »

Le roi les assura de son pardon, et ils convinrent alors qu'ils avaient eu pitié de l'enfant, de peur de commettre un péché et un crime.

« Nous avons tué à sa place un petit marcassin, dont nous vous avons apporté le cœur, après avoir mis l'enfant sur un arbre.

— Alors c'est bien lui, pensa le roi, qui doit régner après moi ; mais je saurai l'en empêcher ! »

Il pria donc le comte de laisser le jeune homme à sa cour ; mais, depuis ce moment, il ne songea plus de nouveau qu'aux moyens de le tuer.

La reine et sa fille se trouvaient dans un autre pays, loin du roi. Un jour, celui-ci appela le jeune homme et lui dit :

« Il faut que tu te rendes tout de suite auprès de la reine avec une lettre de ma part : il y a si longtemps que je n'ai eu des nouvelles d'elle et de ma fille !

— Sire, répondit le jeune homme, je suis prêt. »

Aussitôt le roi fit venir son secrétaire, et lui dicta une lettre en ces termes :

« Madame, dès que vous aurez reçu et lu la présente lettre, ne tardez pas, sur peine de la vie, à faire tuer dans les trois jours le messager qui vous l'apportera. »

Il scella la lettre du sceau royal et la remit au jeune homme, qui partit, et, au bout de trois jours, arriva sur le soir au château d'un chevalier, très fatigué du long chemin qu'il avait fait jusque-là. Le chevalier l'accueillit à merveille comme envoyé du roi, lui donna à boire et à manger, et, après le dîner, le laissa prendre du repos ; car il vit bien qu'il en avait grand besoin.

Le voyageur s'étendit sur un sofa et s'endormit aussitôt.

La lettre pendait hors de la châtelaine qu'il portait au côté ; le chevalier, voulant s'assurer s'il était bien couché, entra dans la chambre et aperçut la châtelaine avec la lettre aux armes du roi, adressée à la reine. Il se demanda s'il devait ouvrir la lettre et la lire. Ayant reconnu qu'il pouvait la retirer de l'enveloppe sans briser le cachet, il la lut et vit qu'elle prescrivait la mort de son hôte. Il eut pitié du pauvre garçon qui allait lui-même porter cet ordre, et il se dit :

« Ce serait grand péché d'envoyer à la mort un jeune homme si beau et de si belles manières ; mais cela n'arrivera pas, si Dieu m'aide ! »

Il fit donc immédiatement écrire une autre lettre :

« Chère femme et reine, je vous ordonne, sur peine de la vie, de bien recevoir le messager qui vous apportera cette lettre, et de lui donner dans les trois jours votre fille unique pour femme. Vous inviterez tous les seigneurs, chevaliers et nobles du pays à la noce, et vous la célébrerez avec toute la magnificence convenable. »

Le chevalier glissa cette lettre dans l'enveloppe aux armes du roi et la remit dans la châtelaine du page. Il le garda encore une nuit, et le lendemain matin, le jeune homme prit congé de son hôte en lui témoignant sa reconnaissance.

Lorsqu'il fut arrivé près de la reine, il la salua de la part du roi et lui remit la lettre. Après l'avoir lue, elle embrassa le messager et lui dit :

« Sois le bienvenu, mon fils. Je me conformerai volontiers aux ordres du roi mon époux. »

Les noces s'accomplirent donc en grande pompe, et les fiancés reçurent une foule de riches cadeaux et d'objets précieux.

Puis les invités retournèrent chez eux, mais le jeune homme resta avec sa femme et la reine.

Bientôt après toutes ces fêtes survint le roi, qui avait ouï dire, en chemin, combien la reine avait heureusement arrangé ce mariage. Il en ressentit autant de peur que de surprise.

La reine, sachant qu'il arrivait, dit à son gendre :

« Allons à la rencontre du roi, pour le recevoir. »

Le roi et la reine s'étant rencontrés, celle-ci embrassa tendrement son mari. Mais quand le prince avisa le jeune homme à côté d'elle, il fut pris d'une frayeur mortelle et dit :

« Madame, vous méritez la mort ! »

Elle demanda grâce, et s'écria :

« Mon cher seigneur, qu'ai-je fait pour la mériter ?

— Quoi ! répliqua le roi, ne vous ai-je pas ordonné, sur peine de la vie, de tuer dans les trois jours le jeune homme porteur de la lettre ?

— Sire, répondit la reine, j'ai encore cette lettre que vous m'avez envoyée. Il y est dit que je dois, sur peine de la vie, donner dans les trois jours notre fille pour femme à ce jeune homme.

— Et ce mariage, reprit le roi, est-il fait ?

— Oui, dit la reine.

— Eh bien, ajouta le roi, montrez-moi la lettre que j'ai envoyée. »

Dès qu'il y eut jeté les yeux et qu'il eut vérifié le cachet, il s'écria :

« Quelle folie, de la part de l'homme, de vouloir arranger les choses autrement que Dieu l'a ordonné ! »

Puis il embrassa le jeune homme et le traita dès lors comme son fils.

Et, après la mort du roi, son gendre lui succéda sur le trône.

L'enfant du roi

Un soldat rêva qu'il devait demander son congé pour faire son bonheur.

Il va chez son capitaine et lui demande son congé. Le capitaine lui conseille de rester, lui promet de l'avancement, et le fait d'emblée nommer caporal. Le soldat se laisse persuader ; mais la nuit suivante, il rêve de nouveau qu'il doit prendre son congé, et qu'autrement il ne pourra faire son bonheur. Il retourne chez le capitaine et renouvelle sa demande. Mais le capitaine lui dit de rester, qu'il pourrait devenir général, et, d'emblée, il le fait sergent. Le soldat se laisse persuader encore, mais lorsqu'il rêve de nouveau la nuit suivante que, s'il ne prend son congé, il ne saurait trouver le bonheur, il va pour la troisième fois chez le capitaine demander son congé : on le lui accorde enfin. Il se mit en route dès le lendemain, et arrive dans une capitale où tout est tendu de draperies noires. Il entre dans une auberge et demande ce que signifient ces draperies noires qu'on voit partout. L'aubergiste lui raconte que la fille du roi a été ensorcelée dès avant sa naissance. En venant au monde, elle commença tout de suite à parler, et dit au roi qu'elle mourrait dans trois jours ; qu'il devrait alors la faire enterrer devant le maître-autel, envoyer chaque nuit une sentinelle, et faire mettre sur une table un veau rôti et un tonneau de vin. Ainsi avait-on fait ; mais chaque matin, on retrouvait la sentinelle le cou tordu, de sorte que personne ne voulait plus occuper ce poste, quoique le roi eût fait publier que celui qui délivrerait son enfant l'épouserait et hériterait du royaume après sa mort. Le soldat dit qu'on pouvait annoncer au roi qu'un sergent était prêt à monter la garde cette nuit même. L'aubergiste le regarda en ouvrant de grands yeux, et objecta qu'il fallait avoir beaucoup de courage.

Eh bien ! ce courage, le soldat répondit qu'il l'avait et qu'il allait tout de suite offrir ses services au roi.

L'aubergiste le mène chez le roi : celui-ci tout heureux, lui donne un shako, un fusil et une giberne, et lui fixe le moment où il doit entrer dans l'église. Quand l'heure fut venue, la peur commença pourtant à prendre le soldat ; il alla donc à l'auberge boire un coup pour se donner du cœur. Alors l'aubergiste l'avertit encore qu'il lui en coûterait la vie, comme à tant d'autres. Enfin, une telle peur s'empare de lui, qu'il se décide au plus vite à fuir avec son équipement. Mais arrivé à la porte de la ville, il entend derrière lui une voix qui lui dit :

« Jean ! Jean ! où vas-tu ? ce n'est pas là le chemin pour aller à ton poste ; si tu n'y vas pas, tu ne peux trouver ton bonheur.

— S'il en est ainsi, pensa-t-il, j'irai tout de même. »

Il revient sur ses pas et prend le chemin de l'église : la même voix lui dit encore de marcher continuellement devant l'autel jusqu'à minuit moins un quart, de déposer son fusil, d'y suspendre son sabre, son shako et sa giberne, et de se mettre dans la chaire. Au coup de minuit, le cercueil devait paraître, le couvercle se soulever, puis l'enfant royal sortirait pour se mettre à sa recherche ; mais si le soldat restait tranquille, il ne le trouverait pas.

Ainsi fit le sergent ; il marcha jusqu'à onze heures trois quarts devant l'autel, déposa son fusil, y suspendit son shako, son sabre et sa giberne, et s'assit dans la chaire. À minuit, le cercueil sortit du plancher, le couvercle se souleva ; l'enfant sortit, regarda tout autour de lui et dit :

« Mon père m'a envoyé aujourd'hui une sentinelle, mais non pas le veau ni le tonneau de vin ; cependant, je ne sais où se tient la sentinelle. Sentinelle ! annonce-toi ! »

Le sergent sentit un frisson glacial parcourir son corps ; mais il se tint tranquille et ne souffla mot. Alors l'enfant vola à travers l'église, jusqu'à l'orgue : il se mit à en jouer, et en joua presque une heure.

Ensuite, il reprit son vol à travers l'église, vit le soldat dans la chaire et s'écria :

« Sentinelle ! sentinelle ! pourquoi ne t'es-tu pas annoncée ? S'il me restait plus de temps, tu t'en repentirais ! »

À une heure juste, il rentra dans le cercueil, le couvercle se referma et tout disparut sous terre ; maintenant plus de danger : le sergent descendit de la chaire et se remit en marche devant le maître-autel.

Le lendemain matin, le roi arriva dans une voiture à quatre chevaux noirs et mit la clef dans la serrure :

« Qui vive ! crie le sergent.

— Ami ! répond le roi. Te voilà donc vivant ? Oh ! que je m'en réjouis ! Tu sauras délivrer mon enfant ! »

Le soldat monta dans la voiture à côté du roi, et l'on retourna au château où ils prirent un repas délicieux. Puis le roi lui permit de se promener à pied, à cheval, comme il lui plairait ; seulement, le soir, il monterait encore la garde à l'église. L'heure venue, la peur le reprit. Il retourna à l'auberge, boire un coup pour se donner du cœur. L'aubergiste lui dit qu'il avait eu de la chance une fois, mais qu'il ne devait pas s'y fier, car il aurait le même sort que les autres. La peur le saisit tellement alors, qu'il s'enfuit en prenant exprès un autre chemin pour éviter la voix. Mais à peine a-t-il franchi la porte, qu'il s'entend appeler par son nom :

« Où donc veux-tu aller, Jean ? ce n'est pas là le chemin de ton poste ! Si tu n'y vas pas, tu ne trouveras jamais le bonheur. Écoute, je vais te dire ce que tu dois faire pour échapper sain et sauf. Dès que l'horloge commencera à sonner minuit, cache-toi derrière saint Jean, sur le maître-hôtel ; là, l'enfant ne te trouvera pas. »

Alors le sergent revint sur ses pas et alla à l'église où il marcha devant l'autel, et fit exactement comme la veille ; seulement, il alla se mettre derrière saint Jean. À minuit sonnant, le cercueil apparut et s'ouvrit ; l'enfant en sortit, regarda tout autour de lui et dit :

« Mon père m'a bien envoyé la sentinelle, mais non pas le veau rôti ni le tonneau de vin, et je ne sais où se tient la sentinelle. Sentinelle ! annonce-toi ! »

Mais le sergent se tint tranquille et ne souffla mot. Alors l'enfant vola à travers l'église, jusqu'à l'orgue ; il se mit à en jouer, et en joua presque une heure. En revenant de l'orgue, vers la chaire, il souffla dessus, et la chaire tomba, brisée en mille morceaux. Arrivé auprès du maître-autel, il vit le sergent derrière saint Jean.

« Sentinelle ! sentinelle ! s'écria-t-il, pourquoi ne t'es-tu pas annoncée ? Si j'avais encore une minute à moi, tu t'en repentirais ! Mais, maintenant, il faut que je rentre dans mon cercueil. »

Quand le couvercle se fut refermé et que le cercueil eut disparu, le sergent descendit de derrière saint Jean et marcha devant l'autel jusqu'au lendemain. Alors arriva le roi avec six chevaux noirs ; il prit amicalement le sergent dans sa voiture. Le soldat lui dit que l'enfant avait déjà réclamé deux fois la table avec le veau rôti et le tonneau de vin, et lui demanda pourquoi il ne les avait pas fait mettre dans l'église.

« C'est vrai, dit le roi, l'enfant avait donné cet ordre immédiatement après sa naissance ; mais comme il ne goûtait à rien, on a fini par l'oublier.

Demain, il ne te manquera rien ; sois de bonne heure à ton poste. »

Le sergent retourna boire un coup à l'auberge pour se redonner du cœur ; car il n'était vraiment pas trop à son aise. L'aubergiste lui fit tant de peur avec les cous tordus, qu'il s'enfuit une troisième fois et par une troisième porte ; il croyait ainsi ne plus rencontrer la voix. À peine était-il sorti, qu'il s'entendit rappeler.

« Holà ! camarade, veux-tu absolument fuir ton bonheur ? Dès demain, tu pourras célébrer ta noce et devenir roi, si tu restes cette fois encore. Voici ce que tu as à faire : avant que minuit sonne, couche-toi dans le confessionnal ; avant que l'enfant revienne de l'orgue, mets-toi dans le cercueil ; alors tu n'auras plus rien à craindre de lui. »

Le sergent alla tout droit à l'église, marcha devant le maître-autel jusqu'à onze heures trois quarts, fit comme les autres nuits et se cacha dans le confessionnal. À minuit sonnant, le cercueil paraît et s'ouvre, l'enfant en sort, regarde autour de lui et s'écrie :

« Aujourd'hui mon père m'a envoyé non seulement une

sentinelle, mais aussi la table avec le veau rôti et le tonneau de vin ; mais je ne vois toujours pas le sentinelle. Sentinelle, annonce-toi ! »

La sentinelle se tint tranquille et ne souffla mot. Alors l'enfant se mit à table, mangea le veau entier, et but tout le tonneau de vin. Puis il s'envola à travers l'église jusqu'à l'orgue et en joua, mais si peu, que le sergent n'eut que tout juste le temps de se mettre dans le cercueil. L'enfant se hâta de revenir le long de l'église, vers le maître-autel, et souffla sur la statue de saint Jean, qui se brisa en mille morceaux.

Arrivé auprès du cercueil, il y vit la sentinelle étendue et dit :

« Sentinelle, lève-toi ! c'est ici ma place ! »

La sentinelle ne bougea pas. Au coup d'une heure, l'enfant se mit sur le sergent dans le cercueil. Il était froid comme glace et lourd comme plomb. Le couvercle se referma, le cercueil descendit, et l'enfant resta étendu sur le sergent jusqu'à ce qu'il reprît sa chaleur et son poids naturels. Puis il se mit à grandir, et, à mesure qu'il grandissait, le poids diminuait, le froid se dissipait. Il devint enfin une vierge florissante de vingt ans. Alors le cercueil remonta, le couvercle s'ouvrit. La belle jeune fille sauta hors de la bière et donna la main au sergent, en disant :

« Sentinelle, tu m'as délivrée, lève-toi, tu seras mon époux. »

Elle l'attira vers elle et lui tendit la bouche pour l'embrasser. Le sergent n'avait-il pas trouvé son bonheur ?

Cependant le matin était venu ; le roi arriva avec huit chevaux noirs, et, lorsqu'il vit sa fille sauvée, il renvoya le cocher et la voiture, et ordonna d'atteler huit chevaux blancs. Il fit monter le sergent avec la jeune reine, s'assit à côté d'eux et les conduisit au château. Alors un grand festin fut dressé, on proclama par la ville que la fille du roi était sauvée, et que son libérateur la conduirait à l'autel et succéderait au roi.

Tout fut en liesse ; les draperies noires firent place à des draperies rouges, et le peuple se pressait en foule pour assister au mariage. Puis la noce fut célébrée avec tant de joie, que pour un peu j'aurais bien voulu y être.

Les sept compagnons

Il était une fois un roi qui se trouvait en guerre avec un puissant empereur, son voisin ; il perdit la bataille et fut contraint de voir brûler sa capitale et emporter toutes les richesses de son trésor. Quelque temps après, il revint de ce coup et songea à reprendre ce butin à l'empereur. Il fit donc annoncer par tout le pays que chaque propriétaire devait fournir un cavalier à l'armée ou payer mille écus au trésor.

Il était aussi un comte, à qui la guerre avait fait essuyer des pertes énormes ; il avait souffert de tous les ravages et de tous les pillages. Tous ses fils étaient morts au champ de bataille, et lui-même était trop vieux pour porter les armes. Quant à payer les mille écus, la charge aurait été trop lourde pour lui, car elle aurait nécessité la vente de ses biens. Un jour, comme il était triste et abattu, une de ses filles lui dit : « Savez-vous, mon père ? donnez-moi les habits et l'armure d'un chevalier avec un bon cheval ; alors j'irai au camp du roi et je m'y présenterai comme votre fils. »

Cette proposition plut assez au comte ; il donna à sa fille l'habit et l'armure d'un chevalier et le meilleur cheval de son écurie. La jeune comtesse se mit en route, et le premier jour elle arriva près d'un étang, sur les bords duquel une vieille femme faisait brouter ses agneaux. Un petit agneau était tombé dans l'eau, et la vieille femme ne savait comment l'en retirer. Lorsque le chevalier parut, elle lui demanda de l'aider. Mais celui-ci fit mine de ne pas entendre et passa fièrement. Alors la vieille femme s'écria : « Si vous ne voulez pas m'aider, je vous souhaite bon voyage, mademoiselle ! »

« Hélas ! se dit la jeune comtesse, si tout le monde s'aperçoit au premier coup d'œil que je suis une demoiselle, je ferais mieux de retourner à la maison ; car, à mon arrivée au camp, on me renverrait honteusement en se moquant de moi. »

Elle tourna bride et revint à la maison. Le comte fut tout chagrin de la voir revenir si vite, car maintenant il lui fallait trouver les mille écus. Alors sa seconde fille lui dit : « Donnez-moi l'habit et l'armure d'un chevalier et un bon cheval ; j'irai au camp et je m'y présenterai comme votre fils. On ne me reconnaîtra certainement pas. »

Le comte lui acheta des vêtements et des armes, lui donna le meilleur cheval de son écurie et la bénit. Quelque temps après son départ, elle arriva à l'étang, sur le bord duquel la vieille femme gardait ses agneaux. Un agneau était encore tombé dans l'eau, elle ne savait comment l'en retirer et implora avec instance l'aide du jeune chevalier ; mais celui-ci rêvait à ses glorieux faits d'armes et passa fièrement. Alors la vieille femme s'écria : « Bon voyage, mademoiselle ! »

Lorsque la jeune comtesse vit qu'elle était reconnue aussi bien que sa sœur, elle désespéra du succès, tourna bride et revint chez son père. Le comte fut très peiné : il fallait chercher les mille écus. Alors vint sa troisième fille, la cadette : « Cher père, dit-elle, essaye avec moi ; peut-être serai-je plus heureuse et alors tu seras sauvé. »

D'abord le comte ne sut à quoi se résoudre. Sa fille cadette lui était la plus chère ; il ne voulait pas l'exposer aux périls de la guerre, et il était tellement habitué à elle qu'il ne pouvait s'en passer. Elle le pria bien fort et si longtemps qu'il finit par céder. Elle dut se contenter d'une armure rouillée et n'eut qu'un mauvais cheval, parce que les chevaux de ses sœurs boitaient.

Elle s'en alla joyeuse et arriva le soir même à l'étang sur les bords duquel la vieille femme gardait ses agneaux. Celle-ci se lamentait encore sur un petit agneau tombé dans l'étang. La jeune fille n'attendit pas qu'on lui demandât son aide ; elle mit tout de suite pied à terre, retira l'agneau et le rapporta à la vieille en essayant de la calmer.

« Tenez, ma bonne femme, le petit agneau n'est qu'un peu

effrayé ; mais il se remettra bien vite, car il ne s'est fait aucun mal.

— Grand merci, cher chevalier, dit la vieille, vous m'avez rendu un grand service. Un service en vaut un autre et je veux voir ce que je puis faire pour vous. Votre cheval n'est guère solide sur ses pieds ; vous en méritez un meilleur. »

Elle frappa la terre avec sa baguette, le sol s'entr'ouvrit ; au même instant un beau cheval blanc en sortit.

« Pas ainsi, camarade ! dit la vieille, tu aurais dû venir mieux bridé et mieux harnaché que le cheval de l'empereur. »

Elle toucha le cheval de sa baguette, et immédiatement il se trouva orné des plus beaux harnais.

« J'ai instruit moi-même ce cheval, continua la vieille, il est savant et connaît le passé, le présent et l'avenir. Tenez-le bien, vous pouvez vous fier à ses conseils. Mais vous n'êtes pas habillé selon votre rang : un si beau et si riche cavalier doit être autrement équipé. »

Elle frappa encore la terre de sa baguette et il en sortit immédiatement une grande caisse remplie d'armures magnifiques et d'autres objets de guerre ; sur le sol s'étalaient des monceaux d'or. Alors la vieille ôta au chevalier son armure rouillée, prit dans la caisse les pièces une à une et l'en arma ; elle mit le reste dans son sac avec l'or et engagea le chevalier à continuer sa route de bon cœur.

Il partit et entra dans une forêt où il entendit de grands coups de hache et un craquement, comme si des arbres tombaient. En s'approchant il vit un bûcheron qui, à chaque coup de cognée, mettait un chêne par terre.

« Pourquoi détruis-tu cette forêt ? demanda le chevalier.

— Oh ! ma femme veut faire la lessive, répondit le bûcheron, et elle a besoin de petit bois.

— Comment t'appelles-tu ?

— Je m'appelle Fort-Bras.[4] »

Alors le cheval savant se mit à parler et conseilla à son maître d'emmener cet homme qui pourrait lui être utile plus tard.

« Veux-tu me servir ? demanda le chevalier ; je te donne la

____

4   Le texte dit littéralement : Fort des os.

nourriture et un bon salaire.

— Pourquoi pas ? dit Fort-Bras, ma femme peut venir elle-même chercher ce fagot. »

Puis il prit sa hache sur son épaule et suivit le chevalier. Arrivés à la lisière de la forêt, ils virent un homme qui se liait les pieds avec une corde très courte.

« Pourquoi fais-tu cela ? demanda le chevalier.

— Pour pouvoir attraper les lièvres et les chevreuils ; car si je marche trop vite, je dépasse tout le gibier et je n'ai rien. Il n'y a plus de cerfs, messieurs les officiers les ont tous tués.

— Comment t'appelles-tu ? demanda le chevalier.

— Mon nom est Vite-comme-l'oiseau.

— Celui-ci peut être utile aussi, dit le cheval blanc.

— Veux-tu entrer à mon service ? reprit le chevalier.

Tu auras assez de gibier à manger sans avoir besoin de courir. »

Vite-comme-l'oiseau, content de la proposition, le suivit.

Un peu plus loin, ils trouvèrent un chasseur qui tirait les yeux bandés ; on ne voyait pas sur quoi.

« Que veux-tu tuer ? demanda le chevalier. »

Le chasseur répondit :

« À vingt lieues d'ici, sur la pointe d'un clocher, il y a une mouche, que je veux tuer.

— Pourquoi as-tu les yeux bandés ?

— Oh ! les murailles et les fortifications tomberaient, tellement mes regards sont ardents.

— Comment t'appelles-tu ?

— Mon nom est Tire-Juste.

— Cet homme te sera aussi utile, emmène-le, dit le cheval blanc.

— Veux-tu entrer à mon service ? demanda le chevalier ; tu auras à tirer et je te donnerai bon salaire. »

Le chasseur accepta et le suivit. Bientôt ils arrivèrent au bord d'un grand lac : un homme étendu par terre buvait l'eau à grandes gorgées.

« Pourquoi fais-tu cela ? demanda le chevalier.

— Eh ! mon Dieu ! répondit-il, parce que j'ai une soif terrible que je ne sais comment apaiser. Dix fois, j'ai vidé cette mare ; mais avant qu'elle fût remplie de nouveau, j'ai pensé mourir de soif.

— Comment te nomme-t-on ?

— Mon nom est Boit-Tout.

— Cet homme te sera très utile, dit le cheval. Emmène-le.

— Veux-tu me servir ? demanda le chevalier. Je te donnerai du vin à boire, au lieu d'eau.

— J'en serai bien aise, dit Boit-Tout », et il le suivit.

Alors ils gravirent la montagne. Là ils aperçurent soixante-douze moulins à vent dont les ailes tournaient rapidement, et cependant on ne sentait pas le moindre vent. Lorsqu'ils descendirent la montagne, ce vent devint tellement violent qu'ils pouvaient à peine avancer. Enfin ils arrivèrent dans la plaine et y trouvèrent un homme qui bouchait une de ses narines et soufflait par l'autre.

« Que fais-tu là, mon ami ? demanda le chevalier.

— Eh ! dit-il, vous voyez bien ces moulins-là ? il faut que je leur fasse du vent ; autrement ils n'iraient pas.

— Pourquoi bouches-tu une de tes narines ?

— Oh ! dit le souffleur, je ne puis enlever la montagne et les moulins.

— Quel est ton nom ? demanda le chevalier.

— Le souffleur Grosse-Joue.

— Un homme dont on peut se servir, dit le cheval ; prends-le avec toi.

— Veux-tu venir avec moi ? demanda le chevalier, tu auras bon salaire et peu de besogne.

— Volontiers », répondit le souffleur Grosse-Joue, et il le suivit.

Peu de temps après, ils se trouvèrent dans une prairie où ils virent un homme l'oreille contre terre, comme s'il écoutait.

« Que fais-tu là ? demanda le chevalier.

— J'entends croître l'herbe et tousser les puces, dit-il, et, quand je mets une oreille contre terre, je sais ce qui se passe à quelques lieues à la ronde.

— Comment te nommes-tu ? demanda le chevalier.

— Mon nom est Fine-Oreille.

— Il peut te rendre service, dit le cheval blanc.

— Veux-tu venir avec moi ? demanda le chevalier, je te donnerai bon salaire et peu de besogne. »

Fine-Oreille satisfait suivit les autres.

Avant d'arriver au camp, ils trouvèrent un homme debout devant un amas d'os et grignotant le dernier.

« As-tu toujours un pareil appétit ? demanda le chevalier.

— Non, dit l'homme, mais seulement quand je n'ai pas assez mangé. Il n'y avait pas grand'chose ici ; l'armée du roi mange tous les troupeaux.

— Comment t'appelles-tu ? demanda le chevalier.

— On me nomme Mange-Tout, et l'on ne me donne rien à manger.

— Prends-le avec toi, dit le cheval, il pourra te servir.

— Viens avec moi, dit le chevalier, je satisferai ta faim.

— Pourvu que vous teniez votre parole ! » répondit Mange-Tout en grommelant, et il le suivit au camp.

Lorsqu'ils furent arrivés, le chevalier tira de son sac une tente magnifique qu'il dressa, et il donna à chacun de ses compagnons une splendide livrée. Le roi vint à passer avec la reine : il vit la tente magnifique et les serviteurs richement vêtus. Il fit appeler le chevalier, qui sortit immédiatement et répondit avec vivacité à toutes les questions du roi et de la reine. Il plut tout de suite au roi qui le nomma sur-le-champ son premier écuyer. Mais le beau jeune homme plut encore davantage à la reine ; lui, au contraire, regarda à peine cette belle personne ; ses yeux étaient fixés sur le roi.

Le lendemain matin, il se promenait dans le parc du château, lorsqu'il rencontra la reine qui prit son bras et lui ordonna de la mener à son appartement. Il la conduisit jusqu'à la porte, et s'excusa alors, sur ce qu'il devait être présent au lever du roi, pour prendre ses ordres. La reine en fut blessée et lui garda rancune. À table, on parla d'un dragon qui ravageait les États du roi ; la reine dit que le jeune chevalier lui avait demandé sa protection pour qu'on lui permît d'aller se mesurer avec le dragon. Le jeune chevalier se tut ; il ne pouvait donner un démenti à la reine ; mais le roi, qui s'était attaché à lui, lui dit qu'il était encore trop jeune et trop faible. La reine ne voulut rien entendre, et poursuivit si bien le roi de ses instances, qu'il céda à sa volonté. Le chevalier, tout abattu, alla voir son cheval blanc. Celui-ci l'engagea à tenter cette entreprise avec calme et à suivre ses conseils ; car les événements tourneraient alors à son honneur et à sa gloire. Avant de partir, il demanda au roi son portrait et l'obtint. La reine, fâchée de ce qu'il n'avait pas demandé le sien, tomba en pâmoison.

Le chevalier se rendit avec ses sept compagnons dans la forêt où se tenait le dragon. Il y avait là un grand lac vers lequel le dragon volait tous les jours pour boire. D'après le conseil du cheval blanc, le chevalier ordonna à Boit-Tout de vider ce lac. Une fois cela fait, Fort-Bras reçut l'ordre d'aller chercher assez de tonneaux de vin pour remplir le lac ; puis il revint encore une fois à la ville, chercher vingt barils de harengs qu'on répandit sur le rivage, juste à l'endroit où le dragon venait boire. Lorsque le dragon arriva, il commença par engloutir ces vingt barils de harengs ; alors il sentit une telle soif, qu'il vida entièrement le lac, sans y laisser une seule goutte.

Mais, complètement ivre, il tomba par terre sans connaissance, et se mit à ronfler si fort que les branches tombaient des arbres. Alors le chevalier appela ses sept compagnons, fit lier le dragon endormi, et ordonna à Fort-Bras de le porter devant la tente du roi, pour qu'il eût lui-même le plaisir de tuer ce monstre épouvantable. À cette vue, le peuple poussa des cris de joie, et le roi serra la main du chevalier avec reconnaissance. La reine, honteuse de l'issue de cette aventure, essaya de nouveau de gagner le jeune chevalier et le combla d'amabilités et de caresses. Mais quand elle vit qu'elle n'y gagnait rien, son amour se changea encore en haine : elle alla trouver le roi et lui dit que le jeune et vaillant chevalier était prêt à reprendre, seul et sans armée, tout le butin conquis par l'empereur, et qu'il l'avait chargée de lui en obtenir la permission. Le roi ne voulut pas y consentir, disant que c'était envoyer le jeune chevalier à une mort certaine. Toutefois la reine insista : il avait vaincu le dragon, il était capable d'accomplir l'autre exploit ; un refus pouvait le porter à tourner ses armes contre lui-même. Le roi céda enfin, et donna son consentement. Lorsque le chevalier apprit ce qu'on demandait de lui, il se rendit tout désolé à l'écurie pour chercher une consolation auprès de son petit cheval ; celui-ci savait déjà tout et lui réservait de bons conseils.

Alors le chevalier prit congé du roi, mais non de la reine qui s'en trouva fort piquée et dont la haine ne fit que s'accroître. Il ne s'en inquiéta pas ; car il tenait plus à la bonne opinion du roi qu'aux bonnes grâces de la reine. Il partit avec ses compagnons pour la capitale de l'empereur, descendit devant le château, et se présenta comme ambassadeur du roi ; il pria l'empereur de renvoyer à son maître le trésor qu'il lui avait enlevé, et de lui donner une indemnité pour le dommage causé.

L'empereur se mit à rire et dit :

« Seigneur ambassadeur, si vous étiez arrivé à la tête d'une armée de sept cent mille hommes, nous pourrions causer un peu. Mais, comme votre suite ne se compose que de sept hommes, je ne vous rends nullement les trésors du roi, ou vous mangerez tout le pain qui doit se cuire cette nuit dans ma capitale. »

Le chevalier remercia l'empereur d'une condition si facile à remplir, et dit qu'il reviendrait le lendemain pour déjeuner. De retour à l'hôtel, il fit venir son serviteur Mange-Tout, et lui demanda s'il était bien sûr de son affaire. Le glouton se réjouit à l'idée de manger une fois à sa faim ; mais auparavant, il fut forcé de jeûner, car, par précaution, le chevalier ne lui donna pas à souper. Le lendemain, lorsqu'il arriva sur la grande place, le pain tendre y était amassé en pyramides. Le chevalier en fut effrayé ; Mange-Tout secoua la tête, mais parce qu'il doutait de pouvoir apaiser sa faim, après un si long jeûne. Il se mit immédiatement à l'œuvre, et bientôt il ne resta plus trace de toutes ces pyramides de pains. Mange-Tout était assis devant la place vide et criait aux gens qu'ils eussent encore à lui cuire du pain, pour l'amour de Dieu, s'ils ne voulaient le laisser mourir de faim. De cette façon, la première condition était remplie ; mais, qui ne tint pas sa parole ? ce fut l'empereur. Il dit :

« Celui qui a tant mangé doit avoir soif. Ne soyez donc pas fâché, mon chevalier ; mais je ne vous rendrai pas les trésors avant que vous et vos gens, vous ayez vidé tous les puits de la ville.

— Je ferai selon vos ordres, sire, dit le chevalier ; nous ne vous demandons que la grâce de pouvoir vider en même temps les tonneaux de vin ; car l'eau pure est une boisson fade. »

L'empereur y consentit, à la grande joie de Boit-Tout qui aimait aussi le vin plus que l'eau. Pourtant, il commença par l'eau, et, lorsque tous les puits furent vidés, il se mit à boire dans les caves. Fort-Bras soulevait les tonneaux, et Boit-Tout, étendu au-dessous de la bonde, n'avait qu'à avaler. Bientôt on ne trouva plus une seule goutte de vin, même à prix d'argent. L'empereur était fort mécontent, non seulement parce que les tonneaux étaient vides, mais aussi parce qu'il ne voulait pas rendre les trésors et qu'il ne savait plus quel prétexte donner. Alors sa fille, qui était la coureuse la plus agile de tout le pays, le tira d'embarras : « Mon père, dit-elle, promettez le trésor au chevalier, si l'un de ses gens me dépasse à la course. »

Le conseil plut à l'empereur, et le chevalier, en songeant à son coureur, accepta encore cette épreuve. Ils allèrent donc au champ de course, qui était long de deux lieues et la fille de l'empereur retroussa ses jupes pour courir avec Vite-comme-l'oiseau. Celui-ci demanda d'abord à boire ; mais, comme tous les puits étaient vides, et tous les tonneaux de vin aussi, on lui donna de l'eau-de-vie. Enivré par cette boisson, Vite-comme-l'oiseau tomba presque inanimé au pied d'un arbre. Le signal de la course avait été donné trois fois. La fille du roi partit la première, déjà elle n'était plus qu'à une demi-lieue du but et Vite-comme-l'oiseau ne se montrait pas encore. Le chevalier eut peur et chargea Fine-Oreille d'écouter de quel côté se trouvait Vite-comme-l'oiseau. Fine-Oreille s'étendit par terre et dit :

« Il est couché sous un arbre et ronfle si fort que les branches craquent.

— Envoie-lui une flèche pour le réveiller, dit le chevalier à Tire-Juste. »

Celui-ci mit une flèche à son arc, et Vite-comme-l'oiseau, éveillé par la douleur, regarda autour de lui et vit que la fille de l'empereur était tout près du but. Alors il se leva et se mit à courir si vite qu'il arriva encore bien avant elle. Le chevalier réclama sérieusement le trésor.

« Puisez dans ma trésorerie, dit l'empereur ; mais prenez seulement ce qu'un de vos hommes pourra porter. »

À cette nouvelle Fort-Bras fit venir soixante-douze tailleurs qui travaillèrent toute la nuit pour coudre un grand sac de toile forte, dans lequel il voulait emporter le trésor. Arrivé dans la trésorerie, il mit le trésor du roi dans une poche de son gilet et celui de l'empereur dans l'autre. Le trésorier effrayé courut avertir l'empereur. Celui-ci vint en hâte et dit qu'il ne l'entendait pas ainsi et que son trésor ne bougerait pas. Mais Fort-Bras répondit qu'il ne rendrait rien de cette misère-là, qu'il s'était fait faire un sac et qu'il ne trouvait maintenant rien à mettre dedans ; que c'était un singulier gouvernement. L'empereur, craignant qu'il ne le mit lui-même dans le sac, se tut. Le chevalier prit congé de lui et partit avec ses compagnons. Ils avaient fait à peu près une lieue, lorsque Fine-Oreille se coucha par terre et dit qu'il entendait le pas des chevaux, que certainement l'empereur les faisait poursuivre pour reprendre les trésors. Le chevalier eut peur et ordonna d'accélérer la marche. Ils se trouvèrent bientôt au bord d'une large rivière où il n'y avait ni barque, ni navire pour les passer à l'autre rive. Alors Boit-Tout se mit à boire et avala toute l'eau de la rivière, de sorte qu'ils passèrent à pied sec.

Au moment où l'empereur arriva avec ses chevaliers, le lit de la rivière était déjà de nouveau rempli ; ils avancèrent à la nage avec leurs chevaux, et ils étaient au milieu du courant, lorsque le souffleur Grosse-Joue souffla sur l'eau et souleva des vagues qui engloutirent hommes et chevaux.

Ensuite les serviteurs du cheval se disputèrent pour savoir lequel d'entre eux avait fait la meilleure besogne et mérité la plus grosse part du butin.

« Si je n'avais pas été là, dit le souffleur Grosse-Joue, l'empereur nous aurait attrapés et tués.

— Si je n'avais pas été là, dit Boit-Tout, nous n'aurions pu passer la rivière.

— Et si je n'avais pas été là, dit Fort-Bras, vous n'auriez eu ni à boire, ni à souffler, et nous serions encore dans la capitale... ou pendus ! »

Chacun fit ainsi ressortir ses mérites. Enfin le chevalier les mit d'accord en disant que tout ce butin appartenait au roi, qui saurait les récompenser richement à leur retour. Ils firent donc la paix et continuèrent leur route jusqu'à la capitale.

Lorsqu'ils arrivèrent, le roi alla à leur rencontre et les reçut avec des transports de joie. La reine, voyant que sa perfidie n'avait pas eu de succès, ne savait si elle devait se réjouir ou se fâcher ; enfin son amour pour le beau chevalier l'emporta. Mais comme il restait froid et insensible aux marques de faveur qu'elle lui prodiguait, la reine irritée l'accusa faussement auprès du roi d'avoir osé l'insulter.[5]

Le roi entra dans une juste colère et condamna le chevalier à être attaché à un poteau et exécuté en présence du peuple, dans d'horribles tortures.

L'exécution aurait eu lieu le lendemain matin ; mais, en arrachant les vêtements du chevalier, on s'aperçut que c'était une femme. À cette vue, la reine, comprenant que sa calomnie allait être dévoilée, tomba comme foudroyée et ne se releva pas de son évanouissement.

Le roi prit pour femme la belle comtesse et se chargea aussi de ses compagnons. De la sorte, Mange-Tout ne sentit plus la faim ni Boit-Tout la soif. Le cheval merveilleux ne fut pas oublié non plus : tous les jours, la nouvelle reine lui donnait elle-même l'orge dorée.

---

5   Nous résumons ici en quelques lignes un passage où le rôle de la reine est un
     peu trop chargé et qui n'ajoute rien au caractère original du conte.

Les dons des animaux

Un roi avait un fils unique qui aurait beaucoup aimé voyager pour voir le monde ; mais son père ne voulait pas le lui permettre, et sa belle-mère encore moins.

Enfin, après bien des instances, il obtint du roi la grâce de partir, quoique la reine fit tout son possible pour l'en empêcher. Lorsque son cheval fut prêt, il sauta en selle et dit un dernier adieu à ses parents qui l'accompagnaient jusqu'à la porte du château. Alors, sa belle-mère s'approcha et lui tendit un verre de vin qu'elle l'engagea à boire pour se donner des forces dans le voyage. Il le prit, et fit semblant de boire ; mais il le renversa en secret derrière lui, car il n'avait pas confiance dans sa belle-mère. Quelques gouttes de ce vin étant tombées sur la queue du cheval, lorsqu'il eut marché un quart d'heure dans la forêt, le cheval tomba mort sous lui. Le prince fut donc obligé de continuer sa route à pied ; il s'égara dans la forêt, et revint à la place où était le cheval.

Là, il vit des animaux réunis autour du corps, qui voulaient le séparer et le partager entre eux, mais qui ne pouvaient arriver à se mettre d'accord.

C'étaient un lion, un chien, un oiseau, une abeille et une fourmi. Il les prévint et leur dit :

« Ne mangez pas de cet animal, il est empoisonné. »

Ils ne voulurent pas le croire et le prièrent de procéder au partage. Alors il leur dit :

« Si vous ne voulez pas mourir, laissez cet animal ! Mais si vous voulez absolument que j'en fasse le partage, je donne au lion la grosse chair, au chien les os, à l'oiseau la tête, le sang à l'abeille et les entrailles à la fourmi.

Si vous êtes contents, je vais partager le corps : mais ce ne sera pas ma faute si vous payez ce repas de votre vie. »

Les animaux louèrent beaucoup ce partage, mais ne se laissèrent pas persuader : le prince tira donc son épée et fit les parts, en priant encore une fois les animaux de ne pas y toucher ; puis il partit.

Le lion dit alors :

« L'abeille, qui extrait le suc le plus doux de toutes les fleurs et y laisse le poison, goûtera la première et nous fera savoir si nous pouvons jouir de notre butin. »

L'abeille suça doucement, se leva avec précipitation et s'écria :

« N'y touchez pas ! c'est le plus fort poison qu'il y ait : la mort me punit de ma désobéissance et de ma curiosité. »

Et elle tomba morte par terre. Ainsi les autres animaux virent que le prince avait eu raison de les prévenir, et n'hésitèrent plus à suivre son conseil.

« Nous devrions bien, se dirent-ils entre eux, lui donner quelque chose pour avoir fait un partage si juste et nous avoir si consciencieusement avertis. »

Et le lion ordonna au chien, qui était le meilleur coureur, de rappeler le jeune homme. Comme il revenait, le lion lui dit que tous lui devaient force reconnaissance pour son bon ami ; car, s'ils s'étaient jetés sur cette viande, ils auraient gagné la mort comme la pauvre abeille : c'est pourquoi ils voulaient lui donner chacun une chose qui pût lui être utile.

D'abord, il refusa de rien prendre, parce qu'il avait tout ce dont il pouvait avoir besoin ; mais les animaux répondirent que ce qu'ils avaient à lui donner ne serait ni argent, ni or, et vaudrait pourtant mieux que l'un et l'autre.

Ils lui octroyèrent le don de revêtir leur forme, aussi souvent qu'il lui plairait, rien qu'en prononçant ces mots : Si j'étais lion ! Si j'étais oiseau ! Aussitôt dit, aussitôt fait ; puis, son désir accompli, il aurait la faculté de reprendre à l'instant sa forme naturelle.

Le prince fut ravi du cadeau, il en remercia les animaux et

poursuivit sa route. En s'enfonçant de plus en plus dans la forêt, il rencontra une bande de brigands qui se précipitèrent sur lui, l'épée au poing. Alors il pensa : « Si j'étais oiseau maintenant ! » et tout de suite il se sentit changé en oiseau et s'envola par-dessus la tête des voleurs. Ils restèrent quelque temps ébahis, ne sachant ce qu'était devenu leur homme, mais bientôt ils reprirent leur chemin pour chercher une autre aubaine et l'oiseau se moqua d'eux en chantant. Il se trouvait si bien d'être oiseau, qu'il garda cette forme et prit son vol jusqu'à ce qu'il parvînt près d'un grand château. Il se percha sur un tilleul devant le palais, et chanta si bien, que la princesse se mit à la fenêtre. Alors il chanta encore mieux, car la fille du roi lui plaisait beaucoup ; il ne pouvait se lasser de la regarder, et elle ne se lassait pas de l'écouter. Enfin, il se posa et se balança sur la dernière branche, près de la fenêtre. La fille du roi étendit le bras pour l'attraper ; son bras n'arrivait pas jusqu'à lui, et pourtant elle le saisit, car l'oiseau sauta sur son doigt et lui chanta ses plus belles chansons, avec tant de charme, que la princesse ne put s'empêcher de l'embrasser. Il dut se contenir pour ne pas penser : « Si j'étais homme ! » La princesse se fit apporter une cage d'or et le mit dedans ; et il sautait d'un bâton sur l'autre, chantant si bien que la fille du roi y trouvait son unique plaisir.

La nuit venue, quand tout le monde fut couché, la princesse se mit au lit, et il pensa : « Si j'étais fourmi ! »

Et tout de suite il devint fourmi et sortit ainsi de sa cage, puis il souhaita de se retrouver sous sa forme humaine et s'en fut au chevet de la princesse. Mais au premier baiser qu'il lui prit, elle commença à crier si haut, que toute la cour et le vieux roi lui-même accoururent.

En attendant, le prince s'était de nouveau changé en fourmi ; et, blotti de nouveau dans sa cage, sous forme d'oiseau, la tête nichée sous ses ailes, il faisait semblant de dormir.

La fille du roi ne savait comment s'excuser de tout le bruit dont elle était cause ; le roi la gronda fort d'avoir jeté l'alarme au château par ses rêves. Quand tous se furent éloignés, le prince pensa : « Si j'étais fourmi ! » Et il s'en fut auprès de la princesse. Là, il reprit sa forme humaine et lui dit tout bas qu'il était le petit oiseau, qu'elle ne devait pas faire de bruit, qu'il était le fils d'un roi et qu'il irait le lendemain chez son père la demander en mariage.

La princesse cessa d'être fâchée ; et le lendemain, il la prit par la main et la conduisit chez son père, à qui il fit sa demande et qui les fiança sur-le-champ.

Après le repas, comme ils se promenaient ensemble, ils gravirent une montagne d'où l'on avait une vue superbe sur tout le pays que le père de la princesse gouvernait. À peine avait-il eu le temps d'y jeter les yeux, qu'en se retournant il vit qu'elle avait disparu. Il ne comprenait pas où elle pouvait être restée ; or, elle avait été enchantée et engloutie dans le sein de la terre. Le prince croyait que le vent l'avait enlevée, et il se changea en chien de chasse pour aller à sa recherche ; mais nulle part il ne trouva la piste, que là où elle avait disparu.

Il se mit donc en tête de voir s'il ne découvrirait pas une fente, et il finit par en apercevoir une toute petite. Alors il pensa : « Oh ! si j'étais maintenant fourmi ! » Immédiatement il le redevint et entra dans la fente, pour voir où cela le conduirait. Bientôt il arriva dans un large corridor qui paraissait ne pas avoir de fin et qui le menait toujours plus bas. Plein d'impatience, il reprit la forme du chien, courut jusqu'à ce qu'il fût dehors, en face d'un grand lac, et il le passa sous forme d'oiseau. Le lac aboutissait à une vaste grille derrière laquelle il vit se promener beaucoup de dames et de messieurs ; comme fourmi, il monta sur la grille et vit sa fiancée ; il l'entendit même parler aux autres et demander s'il n'y avait pour eux aucun espoir d'être sauvés de cette captivité.

« Non, lui dit-on, il n'y avait pas d'espoir ; car celui dont ils pourraient attendre leur salut avait à vaincre un sanglier qui venait emporter tous les jours une brebis de chez un paysan ; du ventre du sanglier sauterait un lièvre, qu'on aurait à attraper et à tuer ; du corps de ce lièvre s'envolerait une colombe qu'il faudrait happer dans l'air et égorger ; de la colombe tomberait un œuf, qui devait être cassé sur le haut de la montagne : alors ils seraient tous délivrés. »

Lorsque le prince eut entendu cela, il laissa la grille derrière lui, s'envola au-dessus du lac, courut sous forme de chien dans le corridor noir, sortit de la fente en se faisant fourmi et reprit sa figure d'homme. S'étant renseigné sur l'endroit où demeurait le paysan à qui le sanglier enlevait chaque jour une brebis, il se rendit chez cet homme et lui demanda s'il n'avait pas besoin d'un berger.

Il avait ouï dire qu'on lui prenait une brebis tous les jours ; mais si le troupeau l'avait pour gardien, il n'en serait plus dérobé une seule.

« Oui, dit le paysan, j'ai bien besoin d'un tel berger, mais jusqu'ici je ne l'ai jamais rencontré. »

Le prince fut engagé sur l'heure comme berger, et mena le lendemain son troupeau aux champs. Le paysan se dit :

« Tu devrais aller voir comment cet homme garde tes moutons. »

Et il le suivit, en se cachant dans les haies. À midi, le sanglier arriva, bondissant et couvert d'écume, et réclama sa brebis. Mais le berger se changea en lion et lui dit :

« Tu n'en auras pas ! »

Le sanglier n'osa pas approcher du lion, qui n'osait pas non plus toucher au sanglier.

« Si j'avais seulement deux croûtes de pain sec, s'écria le sanglier, je te montrerais bien le chemin !

— Et moi, si j'avais seulement deux poulets rôtis, répliqua le lion, je te le montrerais mieux encore ! »

Ils restèrent ainsi longtemps l'un en face de l'autre, jusqu'à ce que le sanglier s'éloigna. Lorsque le berger ramena le troupeau à la maison, le paysan en fit le compte et vit que pas une brebis n'y manquait. Le lendemain, le berger sortit de nouveau avec le troupeau ; alors son maître fit rôtir bien vite deux poulets et les mit dans sa poche ; puis il le suivit dans la prairie, où il se cacha dans les buissons. À midi, le sanglier revint, écumant de fureur, et demanda sa brebis. Mais le berger s'était encore changé en lion et lui dit :

« Tu n'en auras pas !

— Ah ! si j'avais seulement deux croûtes de pain sec ! dit le sanglier...

— Si j'avais seulement deux poulets rôtis ! » reprit le lion.

Aussitôt, le paysan de lui jeter les deux poulets. Le lion les dévore à l'instant, puis il attaque le sanglier et le déchire. Un lièvre surgit immédiatement et s'enfuit dans la forêt.

« Si j'étais chien de chasse maintenant, pensa le prince, pour attraper le lièvre ! » Ce qui fut fait ; et il déchira le lièvre sur-le-champ. Du ventre de l'animal sortit alors une colombe.

« Ah ! se dit-il, si j'étais faucon pour la lier ! » Ce qui fut fait, et il l'égorgea ; et de la colombe tomba un œuf qu'il attrapa au vol.

Puis il reprit sa forme humaine, mit l'œuf dans sa poche et ramena le troupeau au logis ; et quand le paysan eut compté ses brebis, il vit qu'il les avait toutes. Le prince-berger lui déclara qu'il pouvait prendre maintenant tel berger qu'il voudrait, et qu'il n'avait plus besoin de ses services. Après quoi, le prince gravit la montagne et cassa l'œuf sur le sommet.

Alors un grand bruit se fit entendre : la montagne s'ouvrit, et des villes et des villages en sortirent qui y avaient été engloutis, et ensuite les messieurs et les dames que le prince avait aperçus, et parmi celles-ci sa fiancée.

Il la prit sans retard par la main et la reconduisit chez son père, où l'on célébra des noces splendides ; et quand le vieux roi eut cessé de vivre, le prince lui succéda avec la princesse.

Et s'ils ne sont pas morts, ils vivent encore, et celui qui a raconté ces choses vit aussi, mais seulement pour le temps qu'il plaira à Dieu.